旧的诗，老的画

СТАРЫЕ СТИХИ，ВЕТХИЕ КАРТИНЫ

我记得，亲爱的，记得……/叶赛宁诗选

[俄] 叶赛宁 著　　顾蕴璞 译

Я ПОМНЮ，ЛЮБИМАЯ，ПОМНЮ,...

ИЗБРАННЫЕ СТИХИ С.ЕСЕНИНА

长江出版传媒 Changjiang Publishing & Media | 崇文书局 Chongwen Publishing House

康斯坦丁·莫洛佐夫（水彩写生手稿）

《桥》 巴甫洛夫（木刻）

《公园小径》 日特科夫（麻胶版套色）

眼看天色已晚……
1910

眼看天色已晚。
荨麻上闪着露珠。
站在路的一边，
我倚身靠着柳树。

月儿倾泻光柱，
洒在我家的屋顶。
打从远方某处，
传来夜莺的啭鸣。

多么惬意和温暖，
像冬天挨着火炉。
棵棵白桦站着，
像插着支支巨烛。

河对岸那边的远处，
约莫林缘后那地方，
那睡眼昏昏的更夫
正敲着寂寂的更梆。

这是叶赛宁生前和死后所出作品选集或全集的开卷诗，它写于诗人十五岁时在斯巴斯—克列皮克教会师范学校学习期间。诗人自认为此诗写得较差，久久不愿发表。

寒冬在歌唱，又像在呼寻……

1910

寒冬在歌唱，又像在呼寻，
毛茸茸的针叶林松涛齐鸣，
　　奏着催眠小调。
四周一片灰暗的浓云，
仿佛带着深深的愁闷
　　向着远方飞飘。

风雪犹如丝绸的地毯，
把整个院子铺得满满，
　　仍冷得令人难熬。
一群贪玩的家雀飞来，
宛如孤苦伶仃的小孩，
　　在窗前紧相偎靠。

这些小鸟都快冻僵了，
又是饥饿，又是疲劳，
　　更紧地挤在一起。
风雪却仍在怒呼狂喊，
　　频频叩击护窗的吊板，
越发地撒着怒气。

在那结着薄冰的窗前，
温柔的小鸟昏昏欲眠，
　　听着雪风的呼啸。
小鸟们做起了一个梦：
眼前是明媚的春美人，
　　浴着太阳的微笑。

《三月》 日特科夫（麻胶版）

1910 年，叶赛宁已写下不少自己觉得很满意的诗，但大刊物仍不接纳他的投稿。他便从莫斯科专程去彼得格勒（后改名列宁格勒，今为圣彼得堡）求见大名鼎鼎的勃洛克。在勃洛克的要求下，叶赛宁当场朗诵了这首诗。短短十二行诗，获得了这位俄国象征派诗魁“我有责任称它们为天才的诗句”的评语。本诗令人浮想联翩的是：两个年轻恋人的约会是从湖水中倒映的红霞初次显现到再次呈现，是从当天傍晚到傍晚呢，还是从当天傍晚直到翌日的清晨。给每位读者留下了各自的想象空间。

湖面上织出了红霞的锦衣……
1910

湖面上织出了红霞的锦衣，
松林里传来大雷鸟的哭泣。

金莺也躲在树洞里悲啼，
只是我不哭，心里亮熠熠。

我知道黄昏前你将一路走来，
我俩将坐进邻近的鲜草堆里。

我吻你欲醉，掐花般抱你，
欢乐的醉鬼没有人会非议。

在我爱抚下你径自摘下丝巾，
我把醉的你抱进树丛到天明。

任凭大雷鸟放声地哭泣吧，
红霞里的忧郁也叫人欢喜。

湖面上织出了红霞的锦衣……

1910

湖面上织出了红霞的锦衣，
松林里传来大雷鸟的哭泣。

金莺也躲在树洞里悲啼，
只是我不哭，心里亮熠熠。

我知道黄昏前你将一路走来，
我俩将坐进邻近的鲜草堆里。

我吻你欲醉，掐花般抱你，
欢乐的醉鬼没有人会非议。

在我爱抚下你径自摘下丝巾，
我把醉的你拖进树丛到天明。

任凭大雷鸟放声地哭泣吧，
红霞里的忧郁也叫人欢喜。

《十月》 威尔斯金卡娅 （麻胶版套色）

原诗用的是交叉韵，译诗试用一韵到底，
以弥补译丢了的原诗的音乐性。

稠李花飞似雪片飘洒……
1910

稠李花飞似雪片飘洒，
花草沐浴着露水怒放，
白嘴鸭躬身对着嫩芽，
在田间地垅款款来往。

柔丝般的草儿垂下脖颈，
含香脂的松树吐出芳香。
啊，你们——草地和密林，
春色醉得我如痴似狂。

秘密的信息带来欢愉，
它们把我的心扉照亮。
我正想着我的未婚妻，
唯独将她一个人歌唱。

稠李啊，愿你雪片般飞舞，
小鸟啊，请你在林中歌唱。
在田间我举着涟漪碎步，
把花儿溅水般洒向四方。

稠李花飞似雪片飘洒……

1910

稠李花飞似雪片飘洒，
花草沐浴着露水怒放，
白嘴鸭躬身对着嫩芽，
在田间地垅款款来往。
秘密的信息带来欢愉，
它们把我的心扉照亮。
我正想着我的未婚妻，
唯独将她一个人歌唱。

柔丝般的草儿垂下脖颈，
含香脂的松树吐出芳香。
啊，你们——草地和密林，
春色醉得我如痴似狂。
稠李啊，愿你雪片般飞舞，
小鸟啊，请你在林中歌唱。
在田间我举着蹒碎步，
把花儿溅水般洒向四方。

《乡村的夏天》 萨洛宁 （石版套色）

《三月》 伊格林（麻胶版套色）

夜那么黑，怎睡得着……
1911

夜那么黑，怎睡得着，
我常走到河畔的小牧场。
像解开一条浪花般的束腰，
天边射过来闪电的反光。

山丘上有支白桦小蜡烛，
披一身银白的月光羽衣，
走出来吧，我的心头肉，
听古丝里琴手唱上几曲。

每逢我凝望少女的美貌，
看得出了神，迷了心窍，
还跟着琴声的节拍欢跳，
我总要把你的头纱摘掉。
我总要领你到斜坡下面去，
到幽暗的闺房，绿色的林间，▼
到长满如丝的峨参草地，
直到罂粟花般的朝霞满天。

夜那么黑，怎睡得着……

1911

夜那么黑，怎睡得着，
我常走到河畔的小牧场。
像解开一条浪花般的束腰，
天边射过来闪电的反光。

山丘上有支白桦小蜡烛，
披一身银白的月光羽衣，
走出来吧，我的心头肉，
听古丝里琴手唱上几曲。

每逢我凝望少女的美貌，
看得出了神，迷了心窍，
还跟着琴声的节拍欢跳，
我总要把你的头纱摘掉。
我总要领你到斜坡下面去，
到幽暗的闺房，绿色的林间，
到长满如丝的峨参草地，
直到罂粟花般的朝霞满天。

这首诗最初发表时用的标题是《古丝里琴手》。

▼ 喻指高大的树林。

逝去了的，再也回不来……

1911–1912

我无法让那个凉夜再回来，
我无缘再睹女友的丰采，
我听不到那支欢快的歌了，
夜莺在花园曾唱出我的爱。

那个春夜已飞逝而去了，
无法对它说："回来吧，等等再……"
秋天终于来到了眼前，
连绵的雨丝勾起我愁怀。

女友正在墓中安眠着，
把爱情往自己心底掩埋。
秋风雪惊不破她的长梦，
再不会使她的热血澎湃。

那支夜莺的歌沉寂了，
夜莺已经远飞海外，
不会再响起优美的歌了，
夜莺在凉夜曾唱出我的爱。

心爱的乐事也已经驰去了，
当然在生活中曾令人开怀。
心里只剩下冷却的感情了，
逝去了的，永远也回不来。

原诗用交叉韵，译诗改用一韵到底，想以此弥补一下译诗在音乐性上与原诗的差距。这首诗在诗人生前没有发表过。

康斯坦丁·莫洛佐夫（水彩写生手稿）

《渔民》 毕比科夫（麻胶版套色）

在雾茫茫的远方我看不见……
1911–1912

在雾茫茫的远方我看不见：
我在未来有什么可预期，
是幸福，或是迷漫着悲凉，
或是可怜的心将要歇息。

或是这些灰蒙蒙的雾霭，
将再次让我感到悲伤，
将给我的心致命的创伤，
又将不用火就灼痛我心房。

但透过雾茫茫远方的黑暗，
我看见晚霞正燃红天际——
这对悲哀的大地是死亡，
是死亡，但对我却是安谧。

在雾茫茫的远方我看不见……

1911-1912

在雾茫茫的远方我看不见：
我在未来有什么可预期，
是幸福，或是迷漫着悲凉，
或是可怜的心将要歇息。

或是这些灰蒙蒙的雾霭，
将再次让我感到悲伤，
将给我的心致命的创伤，
又将不用火就灼痛我心房。

但透过雾茫茫远方的黑暗，
我看见晚霞正燃红天际——
这对悲哀的大地是死亡，
是死亡，但对我却是安谧。

康斯坦丁·莫洛佐夫（水彩写生手稿）

《斯摩棱斯克》 卡萨金特 （麻胶版套色）

从窗前走开！

1911–1912

不要走到我的窗前来，
不要践踏绿色的草坪，
我早就不再爱你了，
但别哭，安静地别作声。

我真诚地对你怜悯，
我的美和你有什么关系？
为什么你不让我安宁，
为什么你这样折磨自己？

反正我不再是你的了，
我如今对谁也不再爱，
我不爱你，但我怜悯你，
快从我的窗前走开！

别忘了：我曾经是你的，
我曾经疯狂地爱过你；
我如今已不爱，只是怜悯——
走开，不要折磨你自己！

夜

1911—1912

疲乏的白昼向黑夜躬身，
喧闹的浪波开始静息，
太阳熄灭了，在世界上空，
月亮若有所思地浮移。
静悄的山谷在俯耳倾听
安宁小溪的潺潺水声。
幽暗的树林弯腰俯身，
听着夜莺的歌声打盹。
河水一边谛听着莺啼，
一边亲切地和河岸耳语。
在河面上空依稀听得见，
芦苇那欢快的簌簌声息。

《白桦林的边缘》 卡萨特金（麻胶版套色）

诗人
——献给挚友格里沙
1912

诗人应当置敌人于死地，
真理就是他生身的母亲，
他爱人如爱自己的兄弟，
准备时刻为人茹苦含辛。
别人无法完成的事情，
他做起来却从容胜任，
他是诗人，人民的诗人，
他是祖国大地的诗人！

叶赛宁在这首诗中已经奠定他毕生对真理的追求和对祖国的挚爱的基础。他后来一再表示“生活的真实无法违抗”“我的心从来不说谎”，要做一个“诗人与公民”“对祖国的爱，爱祖国的感情是我创作中基本的内涵”。这首诗在诗人生前没有发表过。

《斯摩棱斯克》 卡萨金特 （麻胶版套色）

这是一种俄罗斯民间短歌的体裁。叶赛宁不但是民歌民谣的收集者，也是创作民歌、民谣的行家里手，本诗就是他的成果之一。原诗为随韵，但一、二、四诗节用的是同一韵脚，译诗如实将它移植过来。

拉起来，手风琴，绛红的风箱……
1912

拉起来，手风琴，绛红的风箱，
快来村口接情郎，美丽的姑娘。

心儿闪着矢车菊、绿松石的光。
我拉起手风琴来把蓝眼睛歌唱，

那不是朝霞在湖面编织着花纹，
那是山坡后闪烁着你的绣花巾。

拉起来，手风琴，绛红的风箱，
让美人儿把情郎的歌谣细欣赏。

拉起来，手风琴，绛红的风箱……

1912

拉起来，手风琴，绛红的风箱，
快来村口接情郎，美丽的姑娘。

心儿闪着矢车菊，绿松石的光。
我拉起手风琴来把蓝眼睛歌唱，

那不是朝霞在湖面编织着花纹，
那是山坡后闪烁着你的绣花巾。

拉起来，手风琴，绛红的风箱，
让美人儿把情郎的歌谣细欣赏。

《炎热的盛夏》 卡萨特金 （麻胶版套色）

白桦

1913

在我的窗前，
有一棵白桦，
仿佛裹上银装，
披着一身雪花。

雪绣的花边，
缀满毛茸茸的枝杈，
一串串花穗，
如洁白的流苏垂挂。

在朦胧的寂静中，
伫立着这棵白桦，
在灿灿的金辉里，
闪着晶亮的雪花。

徜徉在白桦四周的，
是姗姗来迟的朝霞。
它向白雪皑皑的树枝，
又抹一层银色的光华。

这是叶赛宁在刊物上公开发表的第一首诗——在 1914 年的《小天地》上，用阿里斯通（“八音盒”之意）的笔名。本诗虽不无费特《哀伤的白桦》的影响，但写出了自己的心意：把白桦从传统的少女升华为斗霜傲雪的俄罗斯性格的力的象征。原诗为交叉韵，译诗用一韵到底的韵式来弥补译成汉语后乐感减弱的缺陷。

《黄昏之星》 卡萨特金（麻胶版套色）

你在寂静的黄昏哭泣……
1913

你在寂静的黄昏哭泣，
把伤心的泪水洒落地上，
但我们仍然互不理解，
虽然你难过，我也悲伤。
你离我急急地跑到了远方，
一切理想便枯萎无光，
我重又独自一人留下，
无人慰抚，我心里忧伤。
我常常在薄暮冥冥的时分，
走到我俩曾幽会的地方，
凭遐想我看见你可爱的倩影，
寂静中我听见你在哭泣悲伤。

这首诗在诗人生前没有发表过。

《苏醒》 伊格林（麻胶版套色）

新雪

1914

我在静静的雪原纵马，
马蹄下发出嗒嗒的蹄声。
但见一群灰色的寒鸦
在草场上聒噪个不停。

树林被隐身人施了魔法，
在梦幻的童话声中打盹。
青松满头覆盖着雪花，
仿佛系上了洁白的头巾。

它像一个年迈的老妇人，
拄着拐杖，弯着身子。
一只啄木鸟俯临着树顶，
一个劲儿地啄着枝子。

马儿飞奔着，无拘无束，
纷飞的雪花把披巾铺下，
这条没有尽头的道路，
像一条飘带抛向天涯。

这首诗写于诗人在莫斯科一家印刷厂当助理校对员期间，曾发表在《真理报》的前身《真理之路》上。

铁匠
1914

阴森森的铁铺令人窒息，
讨厌的热气真叫人难忍，
刺耳的尖声，揪心的噪音，
更使你的脑袋昏昏沉沉。
铁匠把身子弯向了铁砧，
一刻不停地挥动着臂膀，
火星一颗颗在脸旁溅起，
仿佛像一张红色的渔网。
他那勇敢而严峻的目光，
闪烁着一道烈焰的彩虹，
宛如那雄鹰振翅腾起，
准备飞向遥远的海空……
锤吧，铁匠，重重地锤吧，
任凭你脸颊上滚下汗珠，
就让烈火点燃你心灵吧，
抛开人世的不幸和苦楚！
把你那激情也淬上一把火，
把你那激情也炼成一块钢，
乘着你奔放的幻想之翼，
快飞到那九霄云外的远方。
在遥远之地，在乌云背后，
在阴沉岁月的门槛后边，
在那千里沃野的上空，
翱翔着太阳的灼灼光焰；
那里所有的牧场和田亩，
沉浸在白昼蓝色的光里，
绿禾在耕种过的泥土上，
幸福地吐出灌浆的香气。
以新的力量飞向太阳吧，
快开始在阳光中燃烧，
摒弃那讨厌的怯懦感吧，
快把可耻的恐惧抛掉。

铁匠

1914

阴森森的铁铺令人窒息，
讨厌的热气真叫人难忍，
刺耳的尖声，揪心的噪音，
更使你的脑袋昏昏沉沉。
铁匠把身子弯向了铁砧，
一刻不停地挥动着臂膀，
火星一颗颗在脸旁溅起，
仿佛像一张红色的渔网。
他那勇敢而严峻的目光，
闪烁着一道烈焰的彩虹，
宛如那雄鹰振翅腾起，
准备飞向遥远的高空……
锤吧，铁匠，重重地锤吧，
任凭你脸上滚下汗珠，
就让烈火点燃你心灵吧，
抛开人世的不幸和苦楚！

把你那激情也淬上一把火，
把你那激情也炼成一块钢，
乘着你奔放的幻想之翼，
快飞到那九霄云外的远方。
在遥远之地，在乌云背后，
在阴沉岁月的门槛后边，
在那千里沃野的上空，
翱翔着太阳的灼灼光焰；
那里所有的牧场和田亩，
沉浸在白昼蓝色的光里，
绿禾在耕种过的泥土上，
幸福地吐出灌浆的香气。
以新的力量飞向太阳吧，
快开始在阳光中燃烧，
摒弃那讨厌的怯懦吧，
快把可耻的恐惧抛掉。

《风景》 巴甫洛夫 （油画）

▼通感手法："蓝色"的视感与"丁当"的听感在诗人的思维中获得贯通。"蓝色"又是叶赛宁喜爱的色彩象征之一，象征着宁静、平和的心境。

秋

1914（？）

在那遍布悬崖的桧树密林中，
秋这匹棕黄色牝马悄悄搔鬃。

在河两岸草木覆盖物的上方，
但听得秋的脚掌的蓝色丁当。▼

风儿苦行僧举着小心的脚步，
在高起的路面上踩踏着叶簇。

还为那望而不见的耶稣神像，
在花楸林中舔吻红色的创伤。

秋

1914（?）

在那遍布悬崖的桧树密林中，
秋这匹棕黄色牝马悄悄播鬃。

在河两岸草木覆盖物的上方，
但听得秋的脚掌的蓝色丁当。▼

风儿苦行僧举着小心的脚步，
在高起的路面上踩踏着叶簇。

还为那望而不见的耶稣神像，
在花楸林中舔吻红色的创伤。

《秋风》 卡萨特金 （麻胶版套色）

▼ 11—17 世纪俄国史书中对俄罗斯疆域的称谓。叶赛宁常借用“罗斯”称呼俄罗斯，赋予此诗以民族传统的修辞色彩和诗人独特的怀古之情。

你多美，罗斯，我亲爱的罗斯……

1914

在你多美，罗斯，我亲爱的罗斯……▼
农舍像一尊尊披袈裟的圣像……
一眼望不到你的尽头啊，
独有碧空在吮吸我的目光。

我如一个远道的朝圣者，
把你的田野尽情瞭望。
在你那低矮的寨墙近侧，
白杨迸发凋零的脆响。

在救主节来临的个个教堂
飘散着苹果和蜂蜜的芳香。
草场上人们围跳起轮舞来，
圈外是欢快的民间舞的声浪。

我沿着踩踏过的小径，
奔向宽广的绿色草场，
迎着我响起少女们的笑声，
仿佛一串耳环在作响。

假如天兵朝着我喊叫：
"快抛弃罗斯，住进天国！"
我定要说："天国我不要，
只须给我自己的祖国。"

《白桦》毕比科夫（麻胶版套色）

你多美，罗斯，我亲爱的罗斯……

1914

在你多美，罗斯，我亲爱的罗斯……▼
农舍像一尊尊披袈裟的圣像……
一眼望不到你的尽头啊，
独有碧空在吮吸我的目光。

我如一个远道的朝圣者，
把你的田野尽情瞭望。
在你那低矮的寨墙近侧，
白杨进发凋零的脆响。

在救主节来临的个个教堂
飘散着苹果和蜂蜜的芳香。
草场上人们围跳起轮舞来，
圈外是欢快的民间舞的声浪。

我沿着踩踏过的小径，
奔向宽广的绿色草场，
迎着我响起少女们的笑声，
仿佛一串耳环在作响。

假如天兵朝着我喊叫：
"快抛弃罗斯，住进天国！"
我定要说："天国我不要，
只须给我自己的祖国。"

《白桦》诺维琴科（麻胶版套色）

给我的公主
1913-1915

远方暗淡了，我在晚霞中哭泣，
这时夜铺好了露水的床褥，
号哭的浪涛耳语着静息了，
芦笛在远处应和着浪的号哭。

浪对我说：“我们枉然忧郁”，——
向两岸藏匿，抛下身上的覆盖物，
苍白的月镰用它冰凉的一吻
微笑着把我的眼泪冻成珍珠。

我给你，明眸公主，带来了
我孤独的悲伤之泪的珍珠，
和那用海浪花织成的温柔面纱。

但醉人的心不喜欢我的爱情……
就为你不要的一切，给我个吻吧？
就为月亮的吻，给我个吻吧。

《松林的早晨》塞尔文斯卡娅（铜版）

我把半已凋残的花儿……

1913—1915

我把半已凋残的花儿
放到你的床前，
我倦了的幻想顿失生气，
连同它的花瓣。

我对紫罗兰悄声诉说
正在消逝的爱恋，
你可别再呼唤我前往
被泪洒过的房间。

我们不是活着，而是念着，
对于我们，一瞬就是美，
但你无法用你的热吻
点燃我这张冰冷的嘴。

尽管我在幻想中总读到：
“你没爱过我，对我不怜惜。”
但是我比你更加理解
你在爱情纠葛上的悲戚。

我把半已凋残的花儿……

1913—1915

我把半已凋残的花儿
放到你的床前，
我倦了的幻想顿失生气，
连同它的花瓣。

我对紫罗兰悄声诉说
正在消逝的爱恋，
你可别再呼唤我前往
被泪洒过的房间。

我们不是活着，而是念着，
对于我们，一瞬就是美，
但你无法用你的热吻
点燃我这张冰冷的嘴。

尽管我在幻想中总读到：
“你没爱过我，对我不怜惜。”
但是我比你更加理解
你在爱情纠葛上的悲戚。

《森林的边缘》 斯纳特金 （木刻）

这首诗在《周刊》上发表时是献给安娜·阿列克赛耶夫娜·萨尔旦诺夫斯卡娅（诗人青年时代的恋人）的。据诗人在给朋友潘菲洛夫的信上称，有一次他在离家前两三周赶上教堂的建堂节，在神甫处他认识了萨尔旦诺夫斯卡娅。

山那边，黄色的深谷那边……

1916

山那边，黄色的深谷那边，
有一条悠长的村间小径。
我看见树林和晚霞的光焰，
和爬满荨麻的篱笆的身影。

教堂圆顶上一早就泛起
天空尘沙的莹莹蓝光，
湖面润湿过的阵阵清风，
摇得路边的小草玎玲响。

不是因为平野上的春歌，
我才珍爱这绿色的旷原，
我怀着和灰鹤同样的秋愁，
爱上那高高山上的寺院。

当黄昏的蓝天蒙上烟霭，
落日的余晖在桥头垂挂，
我可怜的漂泊女郎，你总要
躬身祈祷爱情和十字架。

修道士有一颗温柔的心，
我常把祷词贪婪地聆听，
请你对着救世主祷告吧，
为我这颗死去了的灵魂。

山那边，黄色的深谷那边……

1916

山那边，黄色的深谷那边，
有一条悠长的村间小径。
我看见树林和晚霞的光焰，
和爬满荨麻的篱笆的身影。

当黄昏的蓝天蒙上烟霭，
落日的余晖在桥头垂挂，
我可怜的漂泊文郎，你总要
躬身祈祷爱情和十字架。

教堂圆顶上一早就泛起
天空尘沙的莹莹蓝光，
湖面润湿过的阵阵清风，
摇得路边的小草打铃响。

修道士有一颗温柔的心，
我常把祷词贪婪地聆听，
请你对着救世主祷告吧，
为我这颗死去了的灵魂。

不是因为平野上的春歌，
我才珍爱这绿色的旷原，
我怀着和灰鹤同样的秋愁，
爱上那高高山上的寺院。

《雪松》 毕比科夫 （麻胶版套色）

再见吧，家乡的密林……

1916

再见吧，家乡的密林，
告别了，金色的泉流，
一团团飘浮的乌云，
扯碎在阳光的犁头。

辉耀吧，晴朗的天，
我心里却需要忧愁。
在我的皮靴筒后边，
再也无需乎带匕首。

在夜阑人静的时刻，
在马驹腹下难人梦，
连掷地有声的欢乐，
也难震得响这森林。

风雨必然要临降，
损失也不可幸免，
为了要在青天拉响
那隐身的天门铁环。

再见吧，家乡的密林……

1916

再见吧，家乡的密林，
告别了，金色的泉流，
一团团飘浮的乌云，
扯碎在阳光的犁头。

辉耀吧，晴朗的天，
我心里却需要忧愁。
在我的皮靴筒后边，
再也无需乎带匕首。

在夜阑人静的时刻，
在马驹腹下难入梦，
连隆地有声的欢乐，
也难震得响这森林。

风雨必然要临降，
损失也不可幸免，
为了要在青天拉响
那隐身的天门铁环。

《山鹿之一》 阿里索夫（麻胶版套色）

《春意》 阿菲洛夫（铜版）

碎银般铮铮作响的小铃铛……

1917

碎银般铮铮作响的小铃铛，
是你在歌唱？是我在遐想？
粉红色圣像放出的光环，
正映照在我金色的睫毛上。

纵然如今的我不再是
鸽哨声中那个温柔少年，
遥想异地的小小树林，
我的梦欢快温顺如从前。

我并不需要坟墓的叹息——
话语无法和神秘拥抱，
但求你教会我一件事：
能够叫我永远醒不了。

这首诗最早发现于 M. 玛里雅莫娃的纪念册中。

风儿没有枉自吹拂……
1917

风儿没有枉自吹拂，
雷雨没有枉自倾盆。
有人用神秘而静谧的光，
灌满我的这双眼睛。

有了某个人春样的温柔，
我不再在蓝色的暗夜里，
为那费猜详的国土发愁：
它虽美好，但不在本地。

银河的沉默不令我压抑，
星星的恐怖不使我担忧，
我爱上世界，爱上永恒，
一如爱上了自己的祖屋。

那里的一切都愉快、圣洁，
全都是令人心动的亮光。
晚霞那红罂粟花般的余晖
溅洒在波平如镜的湖面上。

不由得在谷物的海洋之中，
一个形象脱口而出：
刚刚产过牛崽的天空
正在舔着红色的牛犊。

《夏日，莺飞草长》威尔金斯卡亚·丽姬娅（麻胶版套色）

卡申娜·利吉娅·伊万诺夫娜，是叶赛宁的女友，他故乡康斯坦丁诺沃村年轻的女庄园主，每年夏天都带着子女回村。

披着绿茸茸的秀发……
——给卡申娜
1918

披着绿茸茸的秀发，
袒露少女般的胸脯，
你为何，苗条的小白桦，
朝池塘把目光凝注。

风儿告诉你什么？
沙尘把什么歌抒？
莫非为梳理叶辫，
你需要一把月梳？

你快快对我敞亮
木质思想的奥秘，
你秋前悲凉的喧响，
我早已爱在心里。

披小白桦回答我说：
啊，好奇的朋友，
牧人在这里洒过泪，
今夜才满天星斗。

月色把暗影铺开，
草木闪着光彩。
抱起光裸的膝盖，
牧人搂我入怀。

伴着树叶声瑟瑟，
牧人深深地叹息：
“别了，我亲爱的，
新鹤来时再相聚。”

披着绿茸茸的秀发……

——给卡申娜

1918

披着绿茸茸的秀发，
袒露少女般的胸脯，
你为何，苗条的小白桦，
朝池塘把目光凝注。

披小白桦回答我说：
啊，好奇的朋友，
牧人在这里洒过泪，
今夜才满天星斗。

风儿告诉你什么？
沙尘把什么歌抒？
莫非为梳理叶辫，
你需要一把月梳？

月色把暗影铺开，
草木闪着光彩。
抱起光裸的膝盖，
牧人搂我入怀。

你快快对我敞亮
木质思想的奥秘，
你秋前悲凉的喧响，
我早已爱在心里。

伴着树叶声瑟瑟，
牧人深深地叹息：
“别了，我亲爱的，
新鹤来时再相聚。”

《春天的日子》 威尔金斯卡亚·丽姬娅（麻胶版套色）

▼ 本诗中第一节和第三节中两次运用“淡蓝色”来形容罗斯，纯系色彩象征性质，淡蓝色和蓝色一样，在叶赛宁的诗中象征一种欢快平静的感觉。

◆ “罗斯”是诗人挚爱祖国文化传统的写照。在诗人的笔下，爱国、怀乡与迷恋大自然是三位一体的，他的绝大多数优美的风景诗同时就是炽烈的爱国诗和深情的思乡诗。在一幅幅吸引眼球的风景画面中，流溢出一种恋乡爱国的不同凡响的赤子之情。本诗是这类抒情诗的经典性的代表作。

我离别了可爱的家园……
1918

我离别了可爱的家园，
把淡蓝色的罗斯抛下。▼◆
白桦林像三颗星临照水池，
把老母亲的愁思融化。

月亮像金色的青蛙
在静静的水面趴着。
宛如流岚的苹果花，
父亲的胡须斑白了。

我不会很快就回去的！
暴风雨将久久地喧鸣，
年老的枫树单腿独立着，
守卫淡蓝色罗斯的大门。

凡爱吻落叶之雨的人
看到老枫树都会欣喜，
就为那棵老枫树的树冠，
和我的头发一样美丽。

我离别了可爱的家园……

1918

我离别了可爱的家园，
把淡蓝色的罗斯抛下。
白桦林像三颗星临照水池，
把老母亲的愁思融化。

我不会很快就回去的！
暴风雨将久久地喧鸣，
年老的枫树单腿独立着，
守卫淡蓝色罗斯的大门。

月亮像金色的青蛙
在静静的水面趴着。
宛如流岚的苹果花，
父亲的胡须斑白了。

凡爱吻落叶之雨的人
看到老枫树都会欣喜，
就为那棵老枫树的树冠，
和我的头发一样美丽。

《阴沉的日子》 玛多林 （麻胶版套色）

《雪中的寒鸦与教堂》 巴甫洛维奇 （铜版）

风啊，风啊，带雪的风……
1919

风啊，风啊，带雪的风，
你们快掩埋我的往昔。
我愿做一个开朗的少年，
或做一朵花开在草地，

我愿听着牧人的笛声，
为自己为所有的人死去。
黄昏的飞雪扬扬纷纷，
把繁星般的铃声撒向耳际。

牧笛朗朗的颤音多悠扬，
当它在风雪中融化痛苦。▼
我愿用单腿站立在路旁，
就像一棵挺拔的大树。

我愿谛听着马的鼻息声，
跟邻近的灌木拥抱在一起，
月光爪子啊，请你用个桶，
把我的忧伤淘上天去。◆

本诗显示了叶诗的风格特征之一——巧用通感手法：无形的铃声有了星星的形状，无温的笛声融化了心中的痛苦，无力的月光淘尽了诗人的忧伤。

▼◆ 叶赛宁在“十月革命”后的苏联满怀痛苦和忧伤，是源于他珍爱一切生灵，珍爱一切文化遗产，而在政治压倒文化的新时代，他的诗便成为痛苦心灵的音乐，盼望牧笛在风雪中融化他们的痛苦，盼望月光用个桶把他的忧伤淘上天去。

《月夜》 雷特金（水彩）

我满怀忧伤地朝你凝望……

1923

我满怀忧伤地朝你凝望，
多么痛苦，多么可惜！
也许只有那黄色的垂柳，
跟咱们两人同留在九月里。

他人的嘴唇到处带走
你的温热和身体的战栗。
在你那稍稍麻木的心头，
仿佛下了场毛毛细雨。

那又怎么样！我不怕它。
我已发现了别样的欢乐，
因为我已经一无所剩了，
除却湿雾和金黄的衰色。

因为我连自己都没珍惜，
沉溺于欢笑和宁静的生活。
我走的路是这样的少，
我犯的错却如此的多！

可笑的生活，可笑的不和，
过去是如此，将来也这般。
我们的花园像一块墓地，
遍地被白桦的残骨布满。

如今我们也这样凋谢了，
像园中过客，不再喧响……
既然冬天里没有花朵，
也就不必为它们悲伤。

《白桦树》 丘尔金 （麻胶版套色）

夜晚紧敛起黑黑的眉毛

1923

夜晚紧敛起黑黑的眉毛。
是谁的马匹在宅旁歇息。
莫非我昨天把青春喝干了?
莫非我昨天已不再爱你?

迟到的三匹马，莫打响鼻儿!
我们的生活已去无踪影。
也许明天这张病床，
会让我永远得到安宁。

也许明天是另一番情景:
我将痊愈后离开这病榻，
去听雨水和稠李的歌声，
健康人生活不能没有它。

我定会忘却阴暗的势力，
它折磨我，撕肝裂肠。
温柔的面庞! 可爱的面庞!
唯有你一人令我难忘。

纵然我将爱上别的恋人，
我也要对她，另一位女性，
谈起你时，我的亲爱的，
说我曾对你以亲爱的相称。

诉说我们还未成往事的
生活曾经怎样地流逝……
莫非你，我这剽悍的头，
使得我如此不可收拾?

夜晚紧敛起黑黑的眉毛

1923

夜晚紧敛起黑黑的眉毛。
是谁的马匹在宅旁歇息。
莫非我昨天把青春喝干了？
莫非我昨天已不再爱你？

迟到的三匹马，莫打响鼻儿！
我们的生活已去无踪影。
也许明天这张病床，
会让我永远得到安宁。

也许明天是另一番情景：
我将痊愈后离开这病榻，
去听雨水和稠李的歌声，
健康人生活不能没有它。

我定会忘却阴暗的势力，
它折磨我，撕肝裂肠。
温柔的面庞！可爱的面庞！
唯有你一人令我难忘。

纵然我将爱上别的恋人，
我也要对她，另一位女性，
谈起你时，我的亲爱的，
说我曾对你以亲爱的相称。

诉说我们还未成往事的
生活曾经怎样地流逝……
莫非你，我这剽悍的头，
使得我如此不可收拾？

康斯坦丁·莫洛佐夫 （水彩写生手稿）

蓝色的火焰升腾了……
1923

蓝色的火焰升腾了，
远方的家乡已淡忘。
头一次我唱起爱情，▼
头一次丢掉胡闹狂。

我像座荒芜的花园，
贪恋过女色和美酒。
我不爱酗酒和跳舞了，
不再把生命付东流。

我只想凝望着你，
把金灰色深渊看个饱，◆
但愿你虽不爱那往昔，
也别投入别人的怀抱。

轻柔的腰肢，娇弱的步态，
假如用你那颗执著的心
得知无赖汉多么会爱，
得知无赖汉多么温顺！

我真愿永远忘却小酒馆，
并真愿把写诗同时撂下，
只要细腻地抚摩你纤手
和那秋色似的你的卷发。

我真愿永远跟着你走，
哪怕回故里或奔他乡……
头一次我唱起爱情，
头一次丢掉胡闹狂。

蓝色的火焰升腾了……

1923

蓝色的火焰升腾了，
远方的家乡已淡忘。
头一次我唱起爱情，
头一次丢掉胡闹狂。

我像座荒芜的花园，
贪恋过女色和美酒。
我不爱酗酒和跳舞了，
不再把生命付东流。

我只想凝望着你，
把金灰色深渊看个饱，
但愿你虽不爱那往昔，
也别投入别人的怀抱。

轻柔的腰肢，娇弱的步态，
假如用你那颗执著的心
得知无赖汉多么会爱，
得知无赖汉多么温顺！

我真愿永远忘却小酒馆，
并真愿把写诗同时撂下，
只要细腻地抚摩你纤手
和那秋色似的你的卷发。

我真愿永远跟着你走，
哪怕回故里或奔他乡……
头一次我唱起爱情，
头一次丢掉胡闹狂。

这是叶赛宁献给莫斯科小剧院女演员 A.Л. 米克拉舍夫斯卡娅的一组爱情诗中的第一首。

▼指不同于精神危机时期情场厮混的真正爱情。

◆寓指女郎的眼睛。

《深秋》 瓦西里耶夫（淡彩写生）

金色的小树林不再说话了……

1924

金色的小树林不再说话了，
听不见白桦欢快的语言，
鹤群满怀忧伤地飞去了。
对谁也不会再依依眷恋。

眷恋谁啊？世人都是过客，
去了又来，再辞别家门。
伴着淡蓝色池塘上空的圆月，
大麻田梦怀所有的离人。

我独自伫立在光裸的原野，
风儿把鹤群送往远方，
我遥想欢快的青春岁月，
但对往事我毫不惆怅。

我并不悔恨蹉跎的年华，
我并不惋惜心灵的丁香。
园中那红似篝火的花楸，
温暖不了任何人的心房。

红透的花楸并不会烧焦，
发黄的小草并不会枯死。
我口中吐出忧伤的话儿，
像树木悄然落下了叶子。

倘若时光刮过像阵风，
把话儿当成废物收敛……
就请这样说……金色的小树林
不再倾吐心爱的语言。

这是叶赛宁的一首饱含哲理，略带哀伤但旷达、深沉的抒情诗，在俄罗斯即已被谱成抒情歌曲。诗中除重申他于1921年所写名诗《我不叹惋、呼唤和哭泣》的思绪和心境外，用最后两个诗节暗示了对当局的彻底失望：倘若时光刮过像阵风，把我口中吐出的忧伤的话儿当成废物收敛，那么，金色的小树林不再倾吐心爱的语言了！

叶赛宁的母亲叫塔吉雅娜·费奥德罗夫娜·叶赛宁娜(1875—1955)，是叶诗中多次提到的平凡而伟大的农村妇女形象。像《给母亲的信》这类用近乎白描的叙谈形式反映社会大变动的书信体抒情诗，是叶赛宁在俄罗斯诗歌史上对开拓抒情诗的一大贡献。这类诗，除本诗外，还有《给一个女人的信》《给外祖父的信》《回信》《母亲来信》《给妹妹的信》等，几乎全都写于后期，即1924—1925年的创作高峰期。

给母亲的信

1924

你无恙吧，我的老妈妈？
我也平安。祝福你安康！
愿你小屋的上空常漾起
薄暮那不可言状的光亮。

常接来信说你揣着不安，
愁得你为我深深地忧伤，
还说你常穿破旧的短袄，
走到大路上去翘首张望。

每当蓝色的暮帘垂挂，
你眼前浮现同一幻象：
仿佛有人在酒馆厮打，
把芬兰刀捅进我心房。

没什么，亲人，你可放心。
这只是一场痛苦的幻梦。
我还不是那样的醉鬼，
不见你一面就把命断送。

我依旧是温柔如当年，
心里只怀着一个愿望：
尽快挣脱不安的惦念，
回到我们低矮的小房。

我会回来的，等盼来春光，
咱白色的花园枝叶绽放，
只是你别像八年前那样，
黎明时分就唤醒我起床。

别唤醒那被人提过的往事，
别勾起宏愿未遂的回想，——
生平我已亲自体尝过
过早的疲惫和过早的创伤。

不用教我祈祷。不必了！
无法再回到往昔的时光。
唯有你是我的救星和慰藉，
唯有你是我不可言状的光亮。

你就忘掉自己的不安吧，
可不要为我深深地忧伤。
别总穿着件破旧的短袄，
走到大路上去翘首张望。

给母亲的信

1924

你无恙吧，我的老妈妈？
我也平安。祝福你安康！
愿你小屋的上空常袅起
薄暮那不可言状的光亮。

常接来信说你揣着不安，
愁得你为我深深地忧伤，
还说你常穿破旧的短袄，
走到大路上去翘首张望。

每当蓝色的暮帘垂挂，
你眼前浮现同一幻象：
仿佛有人在酒馆厮打，
把芬兰刀捅进我心房。

没什么，亲人，你可放心。
这只是一场痛苦的幻梦。
我还不是那样的醉鬼，
不见你一面就把命断送。

我依旧是温柔如当年，
心里只怀着一个愿望：
尽快挣脱不安的惦念，
回到我们低矮的小房。

我会回来的，等盼来春光，
咱白色的花园枝叶绽放，
只是你别像八年前那样，
黎明时分就唤醒我起床。

别唤醒那被人提过的往事，
别勾起宏愿未遂的回想，——
生平我已亲自体尝过
过早的疲惫和过早的创伤。

不用教我祈祷。不必了！
无法再回到往昔的时光。
唯有你是我的救星和慰藉，
唯有你是我不可言状的光亮。

你就忘掉自己的不安吧，
可不要为我深深地忧伤。
别总穿着件破旧的短袄，
走到大路上去翘首张望。

《静谧的大自然》 日特科夫（麻胶版套色）

《苏哈诺沃的秋天》 玛多林 （麻胶版套色）

可别带着责备的神情望着我……

1925

可别带着责备的神情望着我，
我对你并不怀有鄙薄之心，
但我爱你脉脉含情的眼神
和你带着几分狡猾的温顺。

你好像在向我伸开双臂，
因此我好像高兴见到你，
有如一只装过死的狐狸
在逮大大小小的乌鸦喂自己。

好吧，逮我吧，我不惧怕，
只是可别熄灭你的热情，——
像你这样的眼睛已多次
撞上我这颗已冷却的心。

亲爱的，我爱的并不是你，
你只是回声，只是阴影。
我通过你梦见的是另一个人，
她有一双鸽雏般的眼睛。

纵然她的神情并不温顺，
好像外表看来很冷峻，
但她用那庄严的步态，
彻底撼动了我的心灵。

这样的女人未必会受迷惑，
你不愿意走，但还是会去，
即使被抚爱灌醉的谎言，
也无法混入她的心曲。

但毕竟，在鄙视你的同时，
我会惶恐地永远直言道：
假如没有天堂和地狱，
人自己就会把它们臆造。

可别带着责备的神情望着我……

1925

可别带着责备的神情望着我，
我对你并不怀有鄙薄之心，
但我爱你脉脉含情的眼神
和你带着几分狡黠的温顺。

你好像在向我伸开双臂，
因此我好像高兴见到你，
有如一只装过死的狐狸
在逮大大小小的乌鸦喂自己。

好吧，逮我吧，我不惧怕，
只是可别熄灭你的热情，——
像你这样的眼睛已多次
撞上我这颗已冷却的心。

亲爱的，我爱的并不是你，
你只是回声，只是阴影。
我通过你梦见的是另一个人，
她有一双鸽雏般的眼睛。

纵然她的神情并不温顺，
好像外表看来很冷峻，
但她用那庄严的步态，
彻底撼动了我的心灵。

这样的女人未必会受迷惑，
你不愿意走，但还是会去，
即使被抚爱灌醉的谎言，
也无法混入她的心曲。

但毕竟，在鄙视你的同时，
我会惶恐地永远直言道：
假如没有天堂和地狱，
人自己就会把它们臆造。

康斯坦丁·莫洛佐夫（水彩写生手稿）

我记得，亲爱的，记得……

1925

我记得，亲爱的，记得
你的秀发闪着光泽。
当我不得不离开你，
并不轻松和快乐。

我记得秋天那些长夜，
背阴处那白桦的簌簌响……
多盼那时的白昼短些啊，
那时的月亮照得更悠长！

我记得，你曾对我讲：
“浅蓝色的年华将逝去，
亲爱的，你也将另找新欢
永远地把我忘记。”

今天，叶茂花鲜的椴树
又勾起我惆怅的情感：
当年我曾多么温柔地
给你的鬈发撒满花瓣。

我的心，并不会冷却，
忧伤地爱着另一个女子，
同她回想起你来，
仿佛记起一段爱情故事。

我记得，亲爱的，记得……

1925

我记得，亲爱的，记得
你的秀发闪着光泽。
当我不得不离开你，
并不轻松和快乐。

我记得秋天那些长夜，
背阴处那白桦的簌簌响……
多盼那时的白昼短些啊，
那时的月亮照得更悠长！

我记得，你曾对我讲：
"浅蓝色的年华将逝去，
亲爱的，你也将另找新欢
永远地把我忘记。"

今天，叶茂花鲜的椴树
又勾起我惆怅的情感：
当年我曾多么温柔地
给你的鬈发撒满花瓣。

我的心，并不会冷却，
忧伤地爱着另一个女子，
同她回想起你来，
仿佛记起一段爱情故事。

K.M.
1987.

树叶飘落了，树叶飘落了……
1925

树叶飘落了，树叶飘落了。
风在呻吟，
悠长而沉闷。
有谁能娱悦我的心田？
有谁能安慰它，我的友人？

我抬起变得沉重的眼皮，
目不转睛地望着月亮。
在这秋意萧索的寂静里，
公鸡报晓的啼声又响。

黎明的时分，青色的拂晓，
满天飞舞着无数的星辰，
占算个心愿该会有多好，
就不知该盼什么样的好运。

尽诅咒自己的厄运和家庭，
在生活的重轭下有什么可盼？
如今我多么想在我的窗前，
能见到一位好姑娘▼出现。

但愿她用矢车菊般的眼睛，
只为我一人——
不为别的谁——
用新的话语，新的感情，
来安慰一下我的心灵。

但愿在这皎洁的月下，
当我消受幸福的命运时，
不再一味沉溺于歌声，
见到别人欢乐的青春时，
再也不会为自己憾恨。

▼指别妮斯拉夫斯卡娅。

集体农庄的奶牛场 伯恩斯坦（原拓）

这首诗是诗人离世前三个月所写。诗人多年来被命运酿成的忧郁症更加恶化，这首诗具有在半真半幻中辞别人世的迹象，读了使人潸然泪下。但即使在如此的逆境中，诗人还说出“因此我才倾心于人们，因此我爱人爱得深沉”这样最富人性的话语来。

蓝蓝的迷雾，茫茫的雪原……
1925

蓝蓝的迷雾，茫茫的雪原，
一派疏淡的柠檬色月光。
心儿总喜欢带一点隐痛，
把往昔岁月的事儿怀想。

台阶前的浮雪曾似松沙，
不消说，依旧是在那月下，
把猫皮帽子拉到额头上，
我悄悄离开自己的老家。

我再次回到了我的故乡。
谁还认得我？谁已经遗忘？
我，这所木屋的老主人，
像一个逐客正站着悲伤。

我默默揉皱了新帽子，
它的貂皮不称我的心。
我记起了外公和外婆，
我记起浮雪铺满了坟。

不管你此生努力不努力，
大家都在安息，都会去光临，
因此我才倾心于人们，
因此我爱人爱得深沉。

因此我才差点儿哭出来，
在微笑中心灵默然无光，——
仿佛我最近一次又看见
那门廊里有条狗的木房。

蓝蓝的迷雾，茫茫的雪原……

1925

蓝蓝的迷雾，茫茫的雪原，
一派淡淡的柠檬色月光。
心儿总喜欢带一点隐痛，
把往昔岁月的事儿怀想。

台阶前的浮雪曾似松沙，
不消说，依旧是在那月下，
把猫皮帽子拉到额头上，
我悄悄离开自己的老家。

我再次回到了我的故乡。
谁还认得我？谁已经遗忘？
我，这所木屋的老主人，
像一个逐客正站着悲伤。

我默默揉皱了新帽子，
它的貂皮不称我的心。
我记起了外公和外婆，
我记起浮雪铺满了坟。

不管你此生努力不努力，
大家都在安息，都会去光临，
因此我才倾心于人们，
因此我爱人爱得深沉。

因此我才差点儿哭出来，
在微笑中心灵默然无光，——
仿佛我最近一次又看见
那门廊里有条狗的木房。

《冬日的桦林》 日特科夫（麻胶版套色）

《冬雪消融》 乌申 （木刻）

这首诗写得那样飘逸、洒脱，颇有点李白《月下独酌》的韵味，也是那样物我难分，那样诗情喷洒，那样妙语天成。李白想通过月、我、影三者的交欢而驱散世无知音的孤独感，叶赛宁则借我、恋人（想象的）、枫树三者的同舞，来驱遣心头的悔恨和孤寂。在生活中叶赛宁对李白的天才也是十分向往的，1924—1925 年在高加索期间，叶赛宁曾有机会听过《东方霞光报》主编尼古拉·维尔日比茨朗诵的李白的诗和他讲述的有关李白的传奇故事，简直听得入了迷（见王守仁著《叶赛宁传》208—209 页）。

听，奔跑着雪橇，雪橇在奔跑……

1925

听，奔跑着雪橇，雪橇在奔跑。
偕恋人失落在野外好不逍遥。

欢快的微风羞羞答答胆儿小，
铃声却沿光裸的原野在飞飘。

啊，你，雪橇！我浅黄色的骏马！
沉醉的枫树在林间空地欢跳。

“这是怎么啦？”我们驶近它问道，
我们仨便跟着手风琴一起舞蹈。

《村落》 乌申 （木刻）

浅蓝色的短袄，蓝色的秋波……

1925

浅蓝色的短袄，蓝色的秋波。
对恋人我一句真话都没说。

恋人为我道：“是暴风雪不？
该生起炉子，该铺好被褥。”

我回答恋人说：“如今从高处
有人在撒下白色的花朵。

你去生炉子，你去铺被褥，
缺了你暴风雪早在心里住。”

浅蓝色的短袄，蓝色的秋波……

1925

浅蓝色的短袄，蓝色的秋波。
对恋人我一句真话都没说。

恋人对我道："是暴风雪不？
该生起炉子，该铺好被褥。"

我回答恋人说："如今从高处
有人在撒下白色的花朵。

你去生炉子，你去铺被褥，
除了你暴风雪早在心里住。"

《森林的道路》伯恩斯坦（麻胶版套色）

蓝色的夜晚，月明的夜晚……
1925

蓝色的夜晚，月明的夜晚，
那时我还是个漂亮的少年。

一切飞去……远去……过去了……
无法阻止，不会重现。

心儿冷却了，眼眸褪色了……
蓝色的幸福！月明的夜晚！▼

这首诗是1925年10月4日至5日间由叶赛宁口授，他的妻子托尔斯泰娅·叶赛宁娜笔录而成。

▼ 在叶赛宁的诗中，蓝色往往是一种色彩象征，即安逸、恬静的象征。这里暗示诗人今非昔比，但仍能恬淡自若，认为这也是一种幸福。

《通向森林的小径》 斯纳金特 （麻胶版套色）

你对我不爱也不怜悯……

1925

你对我不爱也不怜悯，
莫非我长得不够漂亮？
情欲使得你茫然若失，
却把两手搭在我肩上。

露齿而淫荡的年轻女郎，
我对你不粗鲁也不温存，
告诉我，你抚爱过多少人？
挨多少臂膀？多少嘴唇？

我知道，它们消逝如阴影，
但没有把你的情火点起，
你坐过许多人的膝头，
如今又坐在我的怀里。

你尽可眯缝起你的眼睛，
去思念随便哪一位情人，
我反正并不怎么爱你，
尽想远方那位心上人。

别把这情焰称作共命运，
逢场作戏可轻率得很，——
一如和你萍水相逢，
我会微笑着安然离分。

你也将会走自己的路，
打发走毫无乐趣的光阴，
可别去挑逗未吻过的汉子，
别勾引情窦未开的人。

当你同别人穿过小巷，
一边和他谈论着爱情，
也许我也走到小巷去，
我会和你再一次相逢。

你掉头偎依别人的肩膀，
把自己的头微微低垂，
你将轻声对我说："晚安！"
我会回答说："晚安，小姐。"

什么也不会撩乱我的心，
什么也不会使它颤跳，——
恋过的人不可能再爱，
成了灰烬，无法再燃烧。

你对我不爱也不怜悯……

1925

你对我不爱也不怜悯，
莫非我长得不够漂亮？
情欲使得你茫然若失，
却把两手搭在我肩上。

你也将会走自己的路，
打发走毫无乐趣的光阴，
可别去挑逗未吻过的汉子，
别勾引情窦未开的人。

露齿而淫荡的年轻女郎，
我对你不粗鲁也不温存，
告诉我，你抚爱过多少人？
挨多少臂膀？多少嘴唇？

当你同别人穿过小巷，
一边和他谈论着爱情，
也许我也走到小巷去，
我会和你再一次相逢。

我知道，它们消逝如阴影，
但没有把你的情火点起，
你坐过许多人的膝头，
如今又坐在我的怀里。

你将头偎依别人的肩膀，
把自己的头微微低垂，
你将轻声对我说："晚安！"
我会回答说："晚安，小姐。"

你尽可眯缝起你的眼睛，
去思念随便哪一位情人，
我反正并不怎么爱你，
尽想远方那位心上人。

什么也不会撩乱我的心，
什么也不会使它颤跳，——
恋过的人不可能再爱，
成了灰烬，无法再燃烧。

别把这情焰称作共命运，
逢场作戏可轻率得很，——
一如和你萍水相逢，
我会微笑着安然离分。

《白桦树》斯克罗杜莫娃（麻胶版套色）

《蓝色的湖畔》 日特科夫 （麻胶版套色）

花儿低低地垂下了头……
1925

花儿低低地垂下了头，
“永别了！”的话儿朝我倾吐，
还说从此我再也见不着
她的脸庞和我的故土。

亲爱的，没关系！没关系！
我见过它们，也见过大地，
像消受新的抚爱一样，
我将承受人墓前的战栗。

因为我含笑走过世间，
对整个人生已经彻悟，
我每个瞬间都对人说，
世间的一切都会重复。

还不是一样，会有别人来，
他会吞掉逝者的悲哀，
他为未亡的亲爱的人儿，
会编出一首更好的歌来。

我的恋人和她的新欢，
将在寂静中听这支歌儿，
也许她会记起我来，
像记起不再重开的花朵。

花儿低低地垂下了头……

1925

花儿低低地垂下了头，
"永别了！"的话儿朝我倾吐，
还说从此我再也见不着
她的脸庞和我的故土。

亲爱的，没关系！没关系！
我见过它们，也见过大地，
像消受新的抚爱一样，
我将承受人墓前的战栗。

因为我含笑走过世间，
对整个人生已经彻悟，
我每个瞬间都对人说，
世间的一切都会重复。

还不是一样，会有别人来，
他会吞掉逝者的悲哀，
他为未亡的亲爱的人儿，
会编出一首更好的歌来。

我的恋人和她的新欢，
将在寂静中听这支歌儿，
也许她会记起我来，
像记起不再重开的花朵。

本诗头一、二诗节的内容与《花》(1924 年)的第一、二诗节基本相同，只是有些诗行更换了个别词语。

图书在版编目（CIP）数据

我记得，亲爱的，记得……：叶赛宁诗选：版画插图版 / (俄罗斯) 叶赛宁著；顾蕴璞译. -- 武汉：崇文书局，2019.5

（“旧的诗，老的画”丛书. 俄罗斯卷）

ISBN 978-7-5403-5129-8

Ⅰ. ①我… Ⅱ. ①叶… ②顾…

Ⅲ. ①诗集－俄罗斯－现代 Ⅳ. ①I512.25

中国版本图书馆CIP数据核字(2018)第176827号

我记得，亲爱的，记得……

责任编辑 刘 丹 朱 莉
装帧设计 张 茜
出版发行 崇文书局
业务电话 027-87293001
印　　刷 武汉精一佳印刷有限公司
经　　销 新华书店湖北发行所经销
版　　次 2019年5月第1版第1次印刷
开　　本 787*1092 1/16
字　　数 150千字
印　　张 10
定　　价 65.00元